# Labirinto

CB063532

# Labirinto

ALEX CERVENY *desenhos* BEATRIZ DI GIORGI *poemas*

BETO FURQUIM *seleção e organização*

1ª edição | SÃO PAULO, 2014

EDITORA NEOTROPICA

## ALGUMAS PALAVRAS PRÉVIAS

Este não é um livro de poemas nem um livro de desenhos. É as duas coisas simultaneamente, no que se torna uma terceira, resultado do diálogo entre as duas linguagens, que modifica a leitura de ambas. Alternar o olhar entre as palavras e as formas é aceitar o convite a percorrer o labirinto que está proposto nestas páginas.

Antes de dedicar mais atenção à palavra que dá nome a esta obra – e reverbera o título de um dos poemas mais antigos aqui presentes – é importante falar um pouco, ainda que bem pouco, da arte e da poesia de Alex Cerveny e Beatriz Di Giorgi.

Nome cada vez mais reconhecido no cenário internacional das artes visuais, com seu estilo absolutamente singular, Alex tem um caso de amor com as palavras. Em muitas de suas obras, elas aparecem nitidamente, manuscritas em diversas línguas, como pistas que ampliam ainda mais sua polissemia. Às vezes, são como uma sutil e irônica piscadela, apontando para um sentido possivelmente insuspeito. Alguns dos desenhos aqui presentes trazem esse elemento, digamos, "multimídia", testemunho da relação que o desenhista, pintor, gravador, escultor e ilustrador sempre cultivou com a expressão verbal, grande leitor que é.

A poesia de Beatriz, que estreia em livro, tem um percurso muito coerente. Em anos e anos de produção – dos quais os poemas aqui presentes são uma pequena amostra –, preservou uma opção pela clareza e pela valorização de certo estado de espontaneidade favorável à epifania, outra busca inequívoca. O olhar implícito em seus versos, repleto de tórrida utopia humanista, em seus mais diversos desdobramentos, realça as cores do seu objeto, seja ele qual for. Tudo isso confere certo tom grandioso a sua poesia, num tempo tão mais afeito a – ainda – valorizar a dissolução.

A coragem de criar convictamente à margem das correntes predominantes na arte e na poesia é um marcante ponto em comum entre Alex Cerveny e Beatriz Di Giorgi. Esse liame pode ser menos perceptível que as muitas diferenças entre a personalidade artística de cada um, mas distinções e semelhanças justificam plenamente o vertiginoso – porque nunca óbvio – diálogo construído nas páginas a seguir.

Apesar de serem amigos e admiradores do trabalho um do outro, Alex e Beatriz não fizeram aqui o que se chama de uma obra a quatro mãos. Nenhum dos desenhos aqui presentes foi feito *a partir* de um poema, nem o contrário: nenhum dos poemas *se inspira* num desenho deste livro. São obras independentes, que não foram feitas para estar juntas. Com elas reunidas, buscou-se formar algo à imagem de um labirinto.

Então vamos à palavra. Diferentemente do significado usualmente atribuído a ela, labirinto não é uma armadilha feita para confundir ou expulsar quem a percorre. Essas têm outro nome. Em inglês, *mazes*, e em português, embora a palavra seja pouco usada, "dédalos" (em referência à personagem mítica grega Dédalo, arquiteto que construiu o labirinto de Creta). De forma bem distinta do que ocorre num dédalo, percorrer um labirinto não é procurar desesperadamente sua saída, e sim fruir a sensação de deixar-se levar por suas curvas e desvios, que sempre levam ao centro. O labirinto é um espaço de experimentação e de reatribuição de sentidos.

    Assim, está feito, e renovado, o convite: entre, a partir de qualquer desenho ou poema. Detenha-se o quanto quiser e dali prossiga em qualquer sentido. Cada caminho é uma nova obra que se abre.

BETO FURQUIM

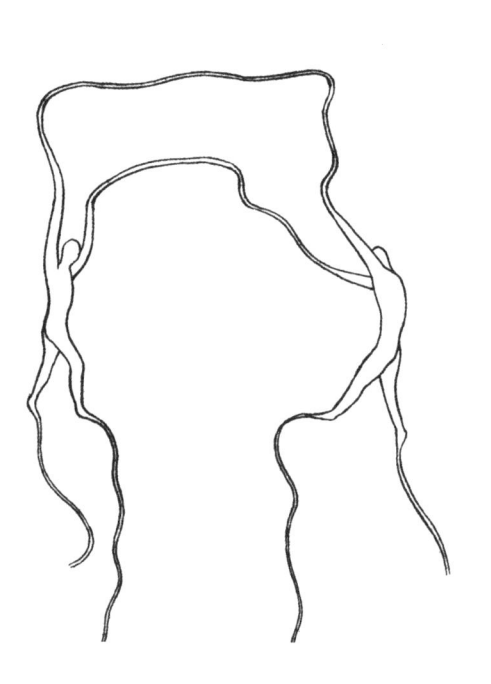

## ALMA

Algumas crianças me impressionam
Por não estarem confortáveis em seus corpinhos,
Como se carregassem uma dor maior do que o continente suporta.

Se me encontrasse comigo criança ficaria impressionada
E me pegaria pelas mãos e as alongaria
Para caberem palavras de conforto, humor e coragem.

Acredito na alma, tatuagem invisível,
Que permite que nos reconheçamos
A despeito da passagem do tempo.

E assim tenho feito.

INSCRIÇÕES NO CORAÇÃO

Não sou caminhoneiro
Não tenho parachoque
Para ostentar um ditado,
Um provérbio ou uma piada.

Não sou proprietário de barco,
Navio ou iate para batizar,
Para sintetizar
Minha identidade.

Tampouco possuo sítio
Onde possa pôr na tabuleta do portão
O nome do sonho meu.

Por isso me perdoem
Preciso escrever poemas.

Escrevo poemas como quem dirige
Um caminhão em direção ao mar,
Rumo a um sítio litorâneo.

Escrevo poemas
Como profissão,
Como viagem,
Como uma forma de viver.

## DICA PARA LIDAR COM AGORAFOBIA EM GRAU LEVE OU MODERADO

Comigo acontece um aperto,
Misturada na multidão,
Pleno caos de infinitas filas de estranhos
Tocando-se asperamente e ferindo intimidades.

Acende um meu olhar realista,
O mais perigoso.

Nessa hora, em nome da sanidade, me rendo,
Como mandinga abraço a santa ingenuidade,
Mulher de malandro,
Que vem e me afaga.

Passo a chamar-me mágica e ingênua,
Olho o chiclete de gentes grudadas
E vejo indivíduos familiares,
Quase confiáveis.

No caminho de volta, respiro, com espaço,
Agradeço à ingenuidade e até a próxima.

NARRATIVAS

Saí do cinema cheia de impressões
Sobre a película, sobre personagens que assistiam o cinema,
Principalmente sobre uma senhora que entrou com chapéu
Enterrado na cabeça,
Óculos escuros,
Saiu do cinema imagino cheia de ilusões
E deixou seus pertences na cadeira.

Saí do cinema com mil focos, inclusive da rua.
Pensando que o filme e a vida são autoexplicativos,
Mais tarde, com alguma paciência, tudo se esclarecerá.

O filme não saiu de mim,
Assim talvez como um ator envolvido repete o texto toda noite
E nem um milhão do mesmo espetáculo
O faz desejar o fim.

Saí do cinema simplesmente muito criança,
Querendo ouvir a mesma história todas as noites.

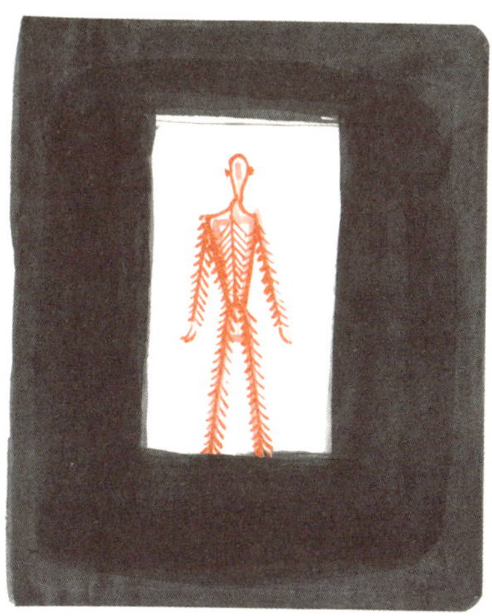

## ASAS

Com as asas que não tenho
Talvez fosse menor
Minha dor.

Pousaria no telhado de sua casa
E largaria as asas.

Com o adorno utilitário, simbólico,
Ficaria duvidosa, poderosa.

Poderia me abandonar às asas
Apenas por prazer
De me saber sem elas.

ENCANTAMENTO

Há tempo na prática da recíproca hipnose,
Sintoma do amor,
Enxergo poesia e sincronicidade em quase tudo.
E posso não estar louca.

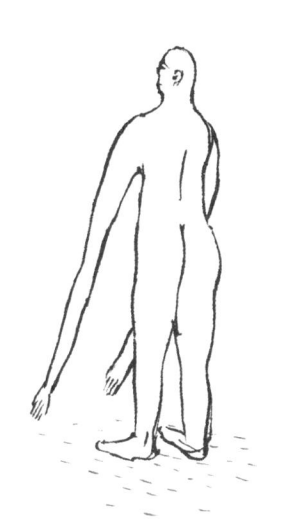

## O MUNDO DOS SONHOS

Somos incapazes de enxergar nosso próprio rosto sem um espelho. Não sei como é com os outros, eu não consigo perceber o momento exato em que me entrego ao sono ou que ele me captura.
O prelúdio do sono dá um prazer especial e, também, certa ansiedade. Tento, ao máximo, ficar consciente para dialogar com o sono. Tenho perguntas a fazer ao mundo dos sonhos e sempre durmo antes, um pouquinho antes, de encontrá-lo. Quero saber se as pessoas que encontro nos meus sonhos, me encontram nos seus, se mortos vivem no mundo dos sonhos. Não existem respostas. Apenas ao acordar restam vagas lembranças da viagem, como se tivesse tomado um porre daqueles numa festa muito estranha, praticamente sem ressaca. E não posso contar mais nada, pois esse universo surreal é que me doa generosamente a chamada identidade íntima escrita no rosto que não vejo.

## FESTA DA LUA

A lua sempre lá, mesmo invisível,
Morre e nasce em moto contínuo.

Um certo ponto da lua combina com a melhor utopia.

Em tempo de lua cheia me vem outro sentido
Além da maré, do visível.

Fico louca com a lua exaltada.

A luz da lua insinua palavras secretas
E uma dança sagrada que me agrada.

Sou lunática
Fanática pela lua que me põe exagerada.

Lá na lua plena de contrações
Vou morar depois da morte.

É lá pra lua que eu vou
Encontrar com gente querida e supernova.

A lua grávida e generosa convida todos
Para a festa de depois que também é de hoje.

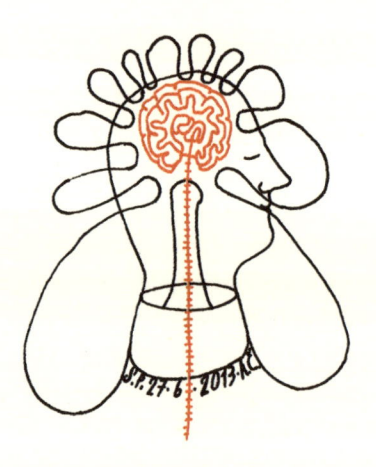

SOBRE O SUBVERSO

Há dias em que acordo adolescente,
Com pensamentos estranhos.
Mil universos entre mim e verso.
Não me satisfaz o mero concreto
Onde palavra pode ser simples pá que lavra.
Meu universo antes flutua no pluriverso chamado multidão.
Flutuo entre fronteiras e deliciosas tonteiras.
E me escolhe a aridez da não escolha.
Estou no meio, como recheio,
E no caos e no inverso é que me acolhe a expressão
E o gozo da ideia identidade.
Bendito subverso.

OS OLHOS

Seus olhos no céu.
O céu nos seus olhos.
Tudo passa
Tudo envelhece,
Menos seus olhos.
Milhares de anos passados
Filme corrido
Em seus olhos.
A síntese das versões da história
Viram simples verão nos seus olhos.
A dialética, o amor e as emoções em geral,
Sigo em ver a potente narrativa:
Seus olhos
Que não existem mais.

## FEITIÇO

Feito mania antecipo cenas que vivo.
Feito castigo, geralmente, perco a surpresa.
Feito menina evito, ao máximo, sofrer.
No mais me aqueço nos mantras que invento,
Em apelo à transcendência,
Que venham novas provas, novas trovas,
Que o vento traga boas novas.

POEMA-CHARADA

Me esforcei para não escrever um poema-charada.
Mas o que é charada pra mim, pode não ser pra você.

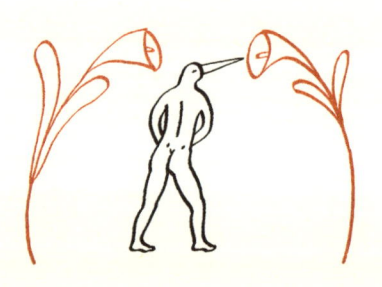

NOSSAS PEGADAS

Junto aos seus largos passos os meus passos titubeantes,
    distraídos.
Suas passadas ritmadas e resignadas são música.

Descoordenada caminho e constato: quero essa toada
Com jeito desafinado,
Apegada às nossas pegadas de formato improvável. E quentes.
Ainda moldáveis, a sujar o chão branco.

Por um instante, você ícone e eu metáfora,
Para um dia silenciar.

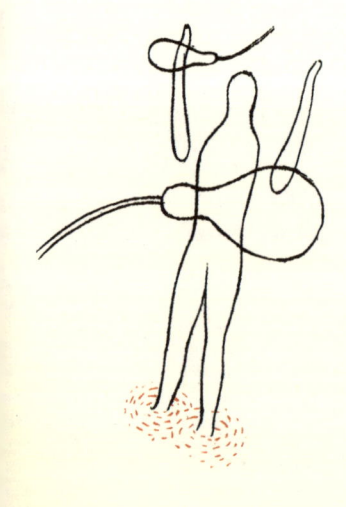

## ANIVERSÁRIO

Nasci em um domingo
Tenho vontade de começar, sem paciência de terminar,
Quero morrer de repente,
Sem me saber doente, sem estar demente.
Tampouco peço paciência comigo.
Nasci em um domingo
E apenas desejo ser amada.

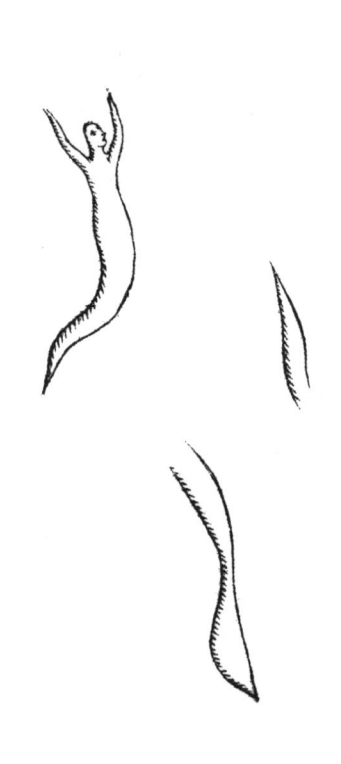

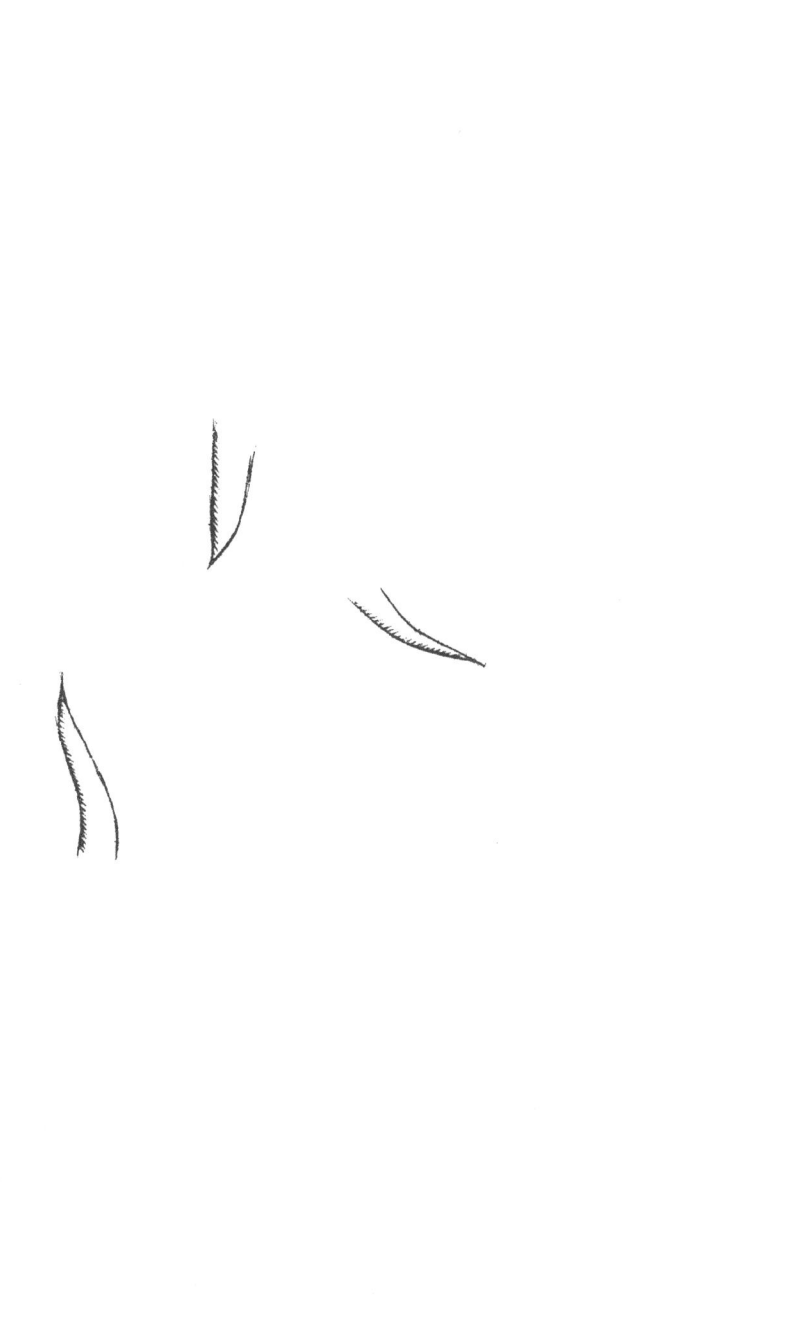

MARIONETES quarto de

## HOSPÍCIO

Se quiserem me mandar
Para o hospício,
Por causa das risadas,
E de algumas idiossincrasias leves,
Que tenho,
Só comparecerei ao hospício,
Se ele for comigo.

Preciso saber,
Com a maior urgência,
Se tem, aí no hospício,
Suíte confortável para casal,
Se tem, aí nesse seu hospício,
Bastante diversão,
Se tratam bem seus loucos

Amanhã bem cedo,
Eu e ele estaremos,
Novamente, no paraíso:
Hospício.

AOS MEUS IRMÃOS

Somos pele enrugada
Na forma de dúvida,
Tão diferentes,
No entanto o mesmo jeito de rir.
Não cabemos juntos na poesia
Que não sustenta tanta alegria.
De noite longe,
No sono da festa,
Se amortece a igualdade:
Explodidos na tristeza, nós.
Medo nos esculpiu
Sorridentes e sisudos,
Pois só sonho avisa horário,
Não crepúsculo.

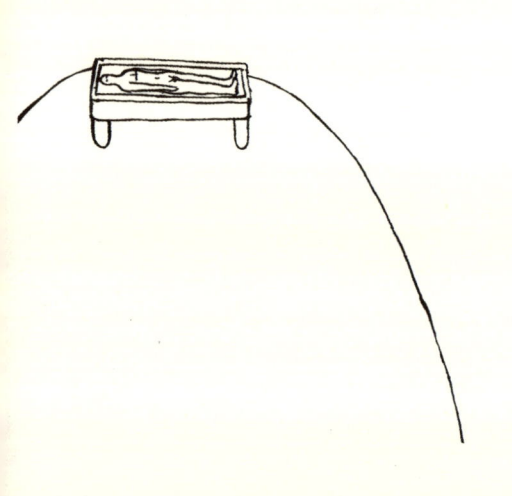

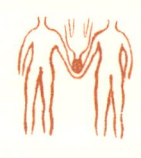

HORIZONTE

É sempre bom lembrar que certeza absoluta e dúvida total são sinônimas, se sinônimos existirem. De qualquer forma, gêmeos univitelinos existem e está comprovado. Por essas e outras discernimento e diversão nunca são demais.

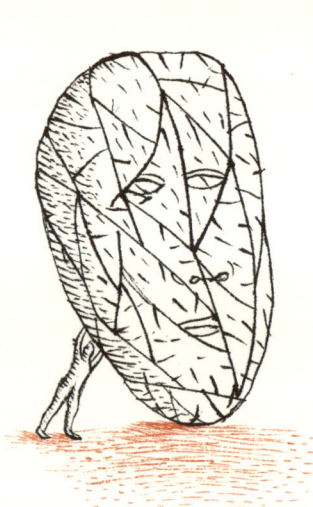

## DIÁLOGO COM O DIABO

O diabo sempre quer algo de nós.
Vive a rondar
Com suas tentações,
Exigências, promessas.

Se eu tiver que dar algo ao diabo,
Entrego meu passado
De presente.

Que o diabo carregue meu passado,
Os resíduos que não guardei,
Os beijos que não dei,
Aventuras que não vivi.
Que fique tudo com o diabo.

Meu presente tem passado bem.
Meu presente é memória no corpo,
Lembranças nas fotos e cartas.
O resto que o diabo use como quiser.

Me antecipo a qualquer insinuação diabólica
E o futuro me pertence
De corpo e alma.

*dor no pescoço*

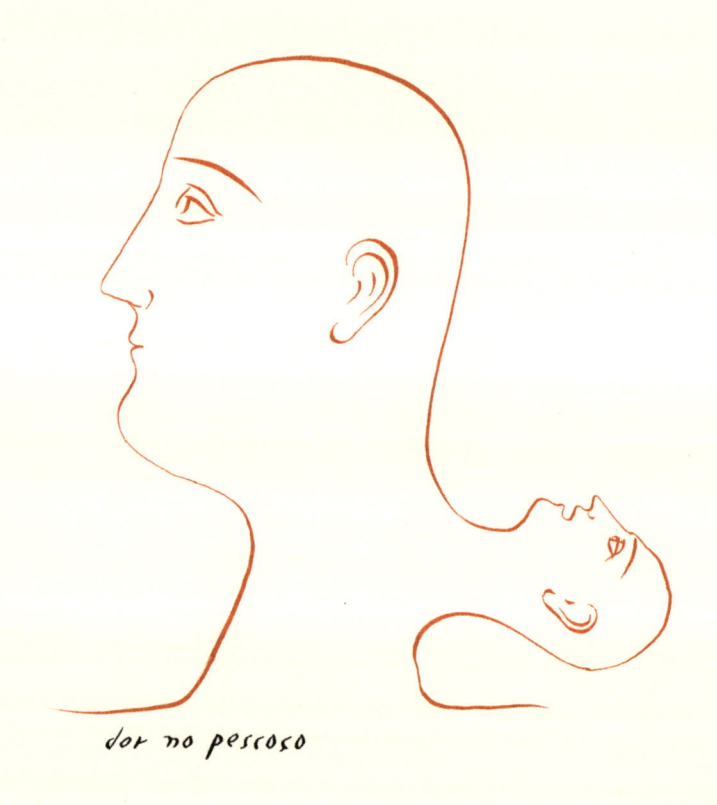

## TENHO FASES, REMINISCÊNCIAS E VERBORRAGIA

Hoje estou mosaico de mim
Livro invisível de fibras páginas da minha carne.
Não dá pra me rasgar sem ficar inverossímil
Sou lembranças que não sei bem se aconteceram

Então me escrevo e nos escreverei
Pra continuar a imaginar que acompanho
    transformações que não controlo.

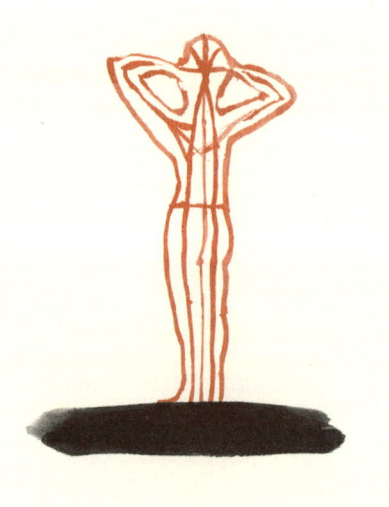

## O BREJO

Enterraram muita história
Nas profundezas do brejo.
E elas sobrevivem aos pedaços,
Conservadas na umidade.

Vez ou outra,
Quando alguém contempla o brejo
Elas renascem molhadas, cheias de terra.
São reinventadas histórias enterradas,
Viram combustível fóssil,
Movendo vidas para outros rumos.

Quando alguém afunda o pé no brejo,
Histórias se transformam.
Poderosas e cheias de glamour
Invadem sua alma
Enlameando todas as certezas.

Das lágrimas, dos resíduos, lixos,
Cacos do brejo,
Quem sabe mesmo disso,
São os sapos
Que nos envenenam pelos olhos.

## OLHARES

Olhares são como lagos, rios e mares.
De alguns basta contemplar a vista.
Outros valem um belo mergulho.

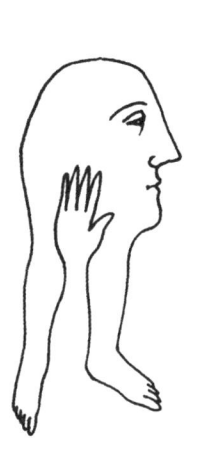

## DESCULPA

Nem precisa dizer do que, me declaro culpada.
Sou culpada da culpa que me pariu.
Culpada, definitivamente, de ser.

Meus seios grandes, olhos de cor indefinida, estatura baixa,
 exaltação e a largura do meu corpo, e os efeitos todos que
 produzem em mim e nos outros, a culpa também pariu.

As tristezas, os conflitos, a guerra e a pobreza, são todos filhos
 da culpa.
Da culpa da covardia.

Declaro-me culpada de tudo que queiram,
Tenho, inclusive, a audácia de me declarar culpada por não
 aceitar punição à culpa.

A culpa nasce antes e morre depois de todos nós
Merece ser cuspida como o sangue que carrega.

E que não se ocupe a culpa de se amalgamar ao castigo,
Pois isso declaro, logicamente, impossível.

Para driblar a ironia da culpa é preciso se livrar das emoções.
Esta é minha macumba para exorcizar a culpa.

A PALAVRA E OS SENTIDOS

Antes de ser escuto o som da palavra em silêncio,
Simultaneamente imagino sua forma na língua
Saboreio a palavra e percebo acidezes, doçuras, etc.
E tem cheiro, mofos, amargores perfumes originais.
Assim carrego-a e acaricio-a feito o bebê que sou eu.
Monstro mítico da intuição,
Mãe de todas as ideias.

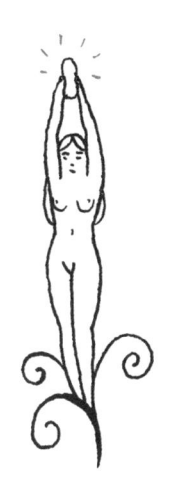

## DÍPTICO

### O PRIMEIRO AMOR
A cara do amor nasce da gente
Cedo e indivisível,
E se reparte generoso
Em pessoas, sabores, olhares.

O primeiro amor
É como uma poção
Mágica que nos delicia
Com efeitos alucinógenos
E relaxantes.

### A PRIMEIRA DESILUSÃO
Como o arranhão que lateja
No primeiro tombo da bicicleta,
A desilusão matriz penetra na pele
E arranha a alma.

A primeira desilusão
É sempre lembrada
Quando uma mágoa se instala
Na vida
Afora.

## PARA O DIA RENASCER

Ninguém entende porque eu repito alguns gestos.
Ninguém percebe quando canto o meu canto mais triste.

A nuvem cobre o céu.
Entendo e dei um desconto.
Escutei e o encanto se faz.

Acordada dia a dia sonho essa história,
Para eu renascer simplesmente.

PEIXE GRANDE

Meus versos ficaram quietos.
Se liquefizeram.
Tem um oceano imenso em mim.
Um pouco escapando pelos olhos.
Um pouco em ondas enormes
Onde vive para sempre meu peixe grande.

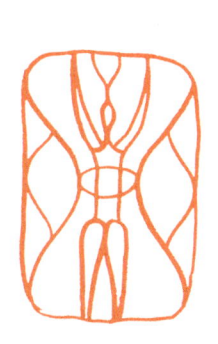

AMOR

Na sua orelha me ouço
Me reverbera no verso antes meu:
Já me intuía outrora
Agora me atravessa-te como flecha.

*el deseo*

## VULCÃO

Tenho um vulcão em mim.

Tantas vezes adormecido
Monstro fantasiado de nada,
Sem aviso cresce em erupção.

Fica vermelho em chamas azuis, amarelas
Saem furiosas, apaixonadas, desembaladas.

Chamas com talento de sedução
Me abandonam ganham mundo
Mexem com os outros.

Ficamos transformados
Por lavas quentes, audazes.

Que medo das lavas
Vindo.
Que lindas!

## MIRAÇÃO MERA CONSTATAÇÃO

Onde miro aquilo que parece eterno posso ver
Que queima logo aquilo que parece eterno.
Mire você logo antes que te incinere a paixão de mirar.
Mire a primeira e a última vez, são a mesma.
Desenhadas com tinta precária as letras de agora derretem
Em direção a um destino que não mais protagonizo.

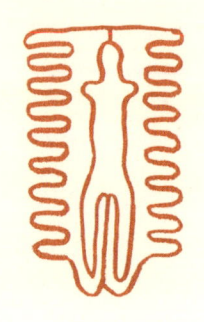

LEMBRANÇAS

Estou com saudades infantis
Saudades de nomes e presenças
Saudades da Rosa avó paterna
Saudades da fronha bordada
– Bons Sonhos Beatriz –
Saudades do tempo em que acreditava
Que o regalo de Rosa me protegia até de dia
Saudades de pensamentos mágicos
Saudades dos que eu gostava e morreram
E até saudades de mim.

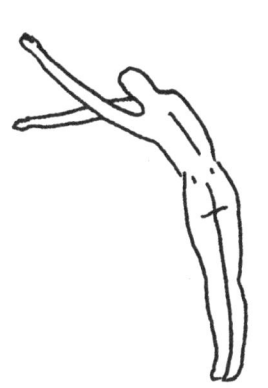

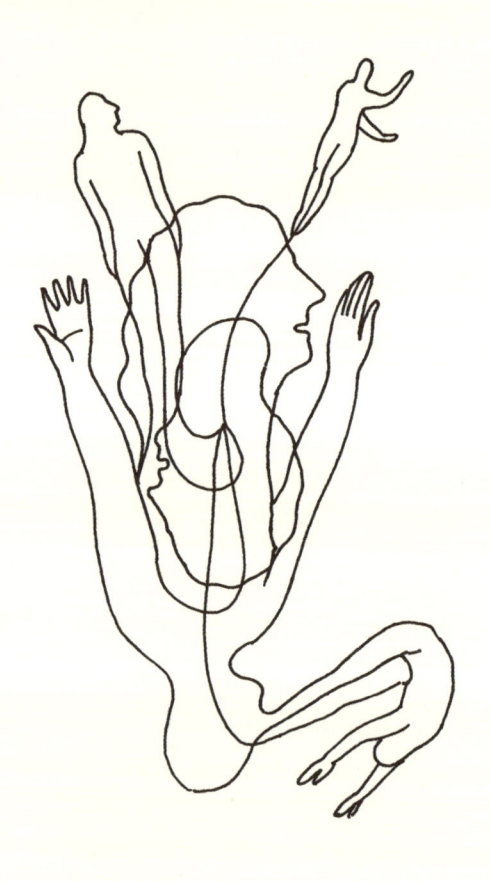

LABIRINTO

Lentamente,
Desdobrante,
Desinteressante.

Uma fruta

Como na infância,
Não alcanço a maçã.

ENTREGA

A única verdade é a entrega
Que me faz mergulhar no abismo,
Abandonar os segredos,
Revelar os piores medos.

Só acredito na entrega,
Presente que me pega,
Atenua dúvidas eternas
E notícias de falsidade.

A única verdade é a entrega mesmo.
A entrega à hipocrisia
Não rouba minha devoção
E infinita fidelidade à entrega.

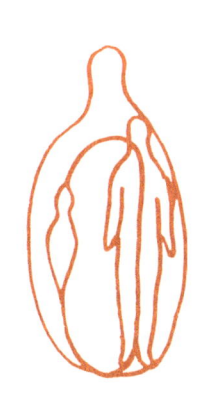

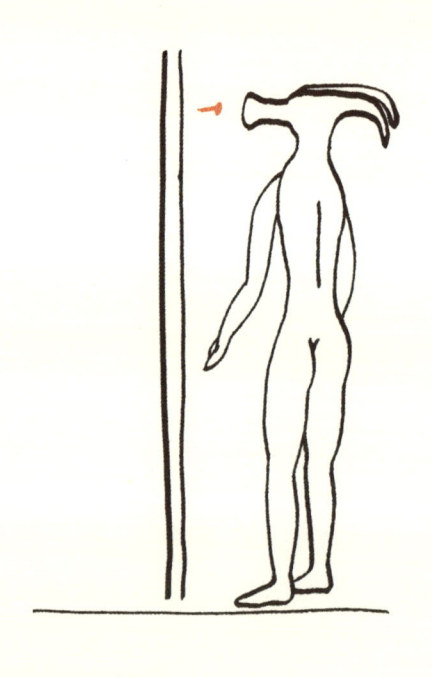

## PAREDES

Em mim conservo as paredes da casa antiga, matriz.

Paredes que guardam conversas,
Agonias de morte
E nascimentos com fórceps.

Paredes de sons silenciosos e desenhos dourados.

Paredes que escureciam
A casa antiga,
A casa demolida.

Sonho e reavivo tijolo, pintura,
Parentes que não conheci.

Construo de novo a casa antiga,
Presente no ar
E nas cantigas de ninar.

### AMORES ESCONDIDOS

Os amores escondidos nas entrelinhas
Descansam,
Se fazem de mortos.

Os amores escondidos com sintomas discretos
Produzem ruídos
Quase inaudíveis.

Os amores escondidos e eternos,
Dormem perpétuos
Em seus túmulos de marfim.

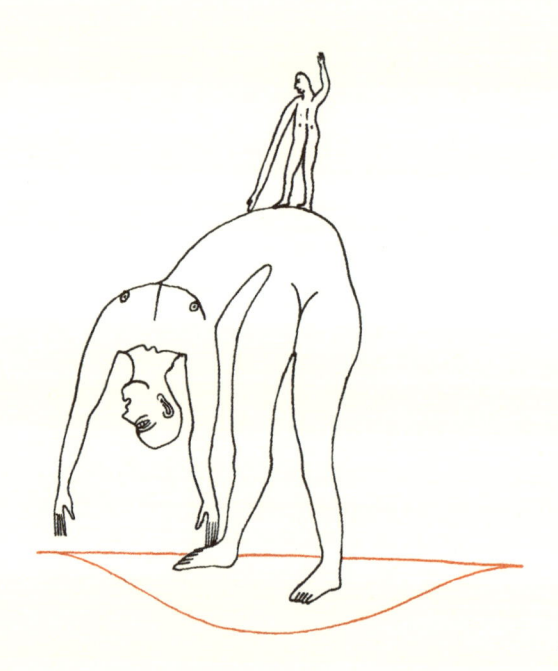

## TEATRINHO

Nem ligo mais quando não entendem o que digo
E torcem palavras, me tomam por outra,
Enxergam-me outras entranhas.
Quando olho o olhar alheio encontro uma estranha.

O que represento?
Tento olhar para fora,
Na multidão encontro a persona que me cabe.

Irresistível viagem esquizofrênica que sou
Não resisto
Quero ser muitas,
Aguardar imponderáveis reações,
Vaias que aplaudem,
Aplausos paralisantes.

Que importa?
O dia amanhece a despeito de nós,
A despeito do espetáculo da véspera.

👁 👁 PRIVATE VIEW

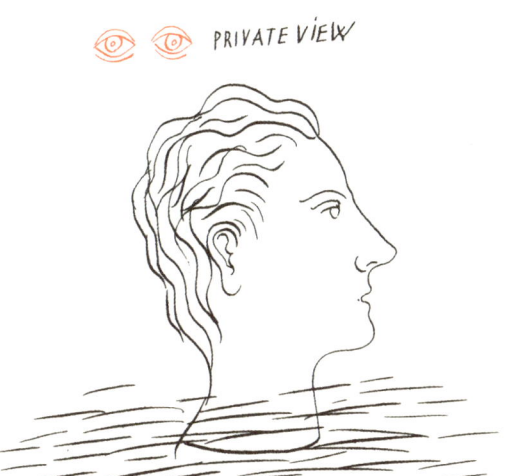

## A PAZ

Hoje acordei com vontade de um novo estado de paz.
Uma paz maior que a particular e diametralmente
   antagônica à violência.
Quero a paz capaz de inventar solução.
Não a paz entre aspas, branca, asséptica, desumana.
Quero a paz colorida, nervosa, inteligente.
Descarto a paz insossa, super-higiênica, a paz impossível.
Quero música, barulho e confusão,
A paz com orgasmo, sabor e gargalhada.

AUDIFAVO

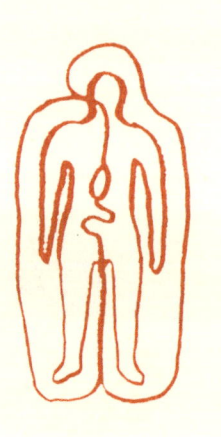

## TENHO IDIOMAS EM MIM

Viciada na vã busca de reconhecer gestos universais:

Sorrio sempre,
mesmo sem muita vontade,
as flores precisam desabrochar.

Choro pouco,
o choro me faz sagrada,
caindo feito orvalho.

Os diamantes são raros de olhar.

## CAMINHO NO CONCRETO

Penso enquanto caminho
Imagino o espaço imenso,
Mas tanto falam que vida é caminho.

Caminho esquisito, caminho compasso sem passo.
Vida é tempo. Dádiva do tempo é vida.

Tento estar preparada
Temporal a qualquer tempo
Pois que tudo cabe no tempo.

Entre segundos de ambiguidade suicida,
Viver pode ser escolha.
Caminho sem chão,
Desconexo.

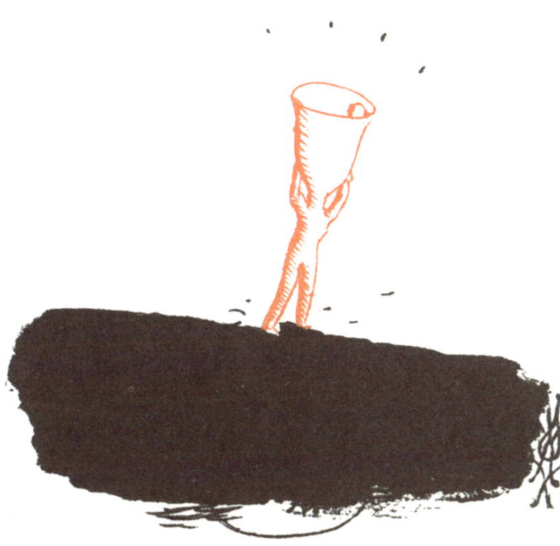

DEFESA

Não tenho o corpo fechado,
Apenas uma alma inquieta e poucas armas.
Por isso, desde cedo teço, com amor, a retórica,
Para ocasiões especiais,
Em que me calar é o mesmo que me matar.

## SOLIDÃO

*Para Maria Eugenia*

Agradeço por aceitarem minha mania,
Meu sonho eterno de epifania.

Agradeço por não quererem de mim
Que responda sempre sim.

Agradeço pelas tardes vazias
Em que contemplo minhas crias.

Mas confesso, acho o mundo perverso
E sempre prometo o que não posso cumprir.

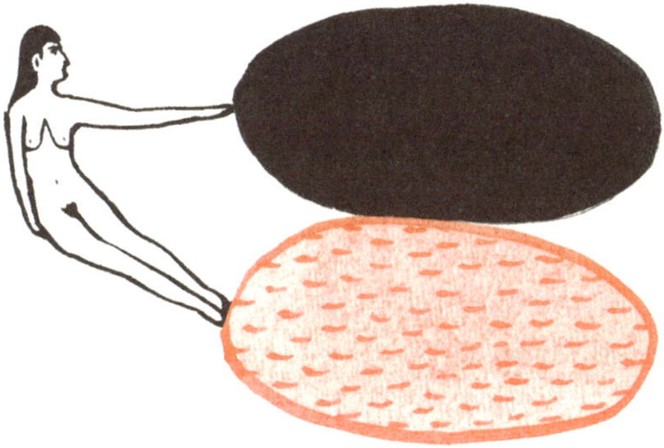

## FIDELIDADE

Não adianta contrato, promessa,
Sacrifício ou malabarismo.
Fidelidade mesmo brota com outra conotação.

Para descobrir nossa fidelidade
É preciso prestar atenção na voz do coração
Que explica a dor e a felicidade
De ser repartido, confundido.

Dotados da sabedoria que o amor oferece,
Somos reféns da expectativa, ansiosa e dolorosa,
De que o amado seja adivinho,
Proteja de nossos espinhos,
Seja cúmplice da fraqueza
Com amizade profunda.

Nossa felicidade é forjada
Pelo encontro revelador
De esperanças inconfessáveis.

Fidelidade é reciprocidade, doação,
Ônus e bônus do amor sincero
Nós damos cara pra ela,
E sabemos suas regras.
Seu significado só se encontra no dicionário dos dois.

## APESAR DA FÚRIA DO TEMPO

O nome que carrego sugere:
Uma ideia de felicidade obtusa,
Um jogo sério e irreversível,
Uma medida de busca, meio insana, traduzida em risadas.

Uma ideia de felicidade que carrega uma luz de não sei o quê
De estrela,
De satélite
Ou de avião,
Ofusca-me, confunde, comove, sempre perfura.

O corpo carrega o que o espírito sugere,
Portanto tropeço nos mistérios da lua quando é noite,
Preciso descansar com o nome tatuado na carne
E não posso me responsabilizar por ninguém.

## ANAMNESE

Há décadas me acostumei com os sintomas.
A busca de sentido, senhora frenética, me faz inventar sons para acalmar a surda que me habita, imagens para alegrar a que não enxerga, agridoces e cheiros exóticos para falta de gosto e texturas e toques para ideias desconexas, indigestas. Esta gulosa provoca um derramamento de verbos para compensar as lacunas da lacônica, os espetos do espírito.
A imaginação é substância que transita, escorre pelos poros e prevalece absoluta.
É grave, doutor?

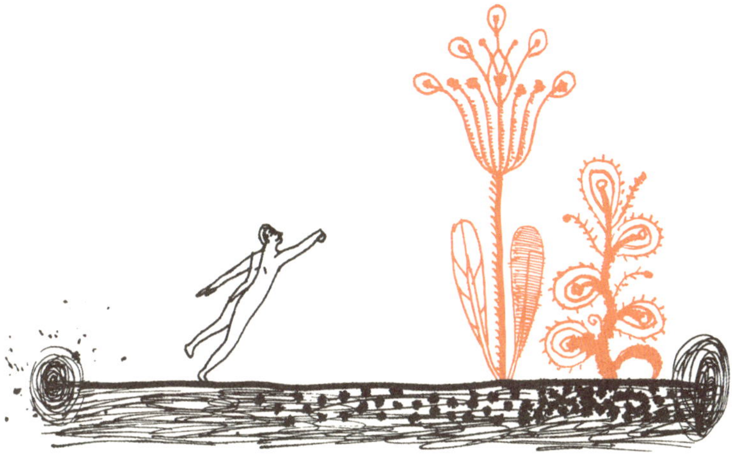

## RESTO DA VIDA

Não suporto quando chamam meu futuro
De resto da vida.

Por que obscurecer o porvir?
Esperar a luz da existência apagar?

O resto, o lixo, os dejetos,
Já deixei por aí.

A vida deixa rastro
O resto já perdi.

Existência é o que tenho.
Porvir é promessa.

Por isso não me venham difamar a esperança.
Minha utopia não é resto,
É a melhor arma que tenho.

ALMA FANTASMA

Em certas noites de lua intacta, clara,
Ando por aí toda rasgada.
E ninguém repara, ninguém liga.
A folha prima de papel branco está puro remendo.
Com rabisco, garrancho e hieróglifo escondo muito
    bem minha cara.

## SIMPLICIDADE DA NOITE

A luz artificial quer me enganar,
Mas é embaixo do sol, mesmo escondido,
Que dialogo com as sombras
Com almas penadas disfarçadas pela luz do dia.

Acordada ouço vozes de outrora,
Driblo as assombrações.
E preciso decifrar profecias.

Quero o escuro total,
Mergulhar na unidade, no óbvio,
Onde possa descansar tranquila,
Na simplicidade da noite.

©2014 Editora Neotropica Ltda
Todos os direitos reservados
www.editoraneotropica.com.br

COLEÇÃO LARANJA ORIGINAL – EDITORES
Alberto Guedes
Filipe Moreau
Jayme Serva
Miriam Homem de Mello

PROJETO GRÁFICO E CAPA
Luciana Facchini
DESIGNER ASSISTENTE
Karine Tressler

Dados Internacionais de Catalogação na Publicação (CIP)
(Câmara Brasileira do Livro, SP, Brasil)

Cerveny, Alex
  *Labirinto*: Alex Cerveny, desenhos; Beatriz Di Giorgi,
  poemas; Beto Furquim, seleção e organização
  São Paulo: Editora Neotropica, 2014.

ISBN 978-85-99049-13-6

1. Arte e literatura  2. Desenhos  3. Poesia brasileira
I. Di Giorgi, Beatriz  II. Furquim, Beto  III. Título

14-03000                                    CDD-869.91

Índice para catálogo sistemático:
1. Poesia e arte: Literatura brasileira 869.91